A gordinha do curso de verão

Helena Leen

Copyright © 2022 A gordinha do curso de verão
Editora Responsável: Editorial Histórias ao Vento
Revisão: Helena Leen
Capa: Beatriz L Anjos
Diagramação: Beatriz L Anjos
Modelo da capa: Mayara Oliveira

—

A GORDINHA DO CURSO DE VERÃO
Literatura Brasileira
1.Romance. 2.Young Adult. 3. HOT.

Primeira edição/2022.
Edição digital. Criado no Brasil.
Esta obra segue as Regras do Novo Acordo
Ortográfico

Eu poderia escrever linhas e linhas sobre tudo que espero do amor, mas do que isso me serviria?

Por acaso o meu esperar me garantiria o receber?

Não, é claro que não. Porque o amor é cavalo indomado, ele se entrega quando bem entende e a quem deseja.

Sumário

1. As noites

Sentado em sua poltrona confortável de frente para a sacada de seu prédio podia ver boa parte da cidade. Tomava um uísque pensando na vida. Como pôde deixar a melancolia tomar conta do que lhe restava de juventude?

Sabia que era um homem belíssimo, mas havia perdido o desejo de viver um relacionamento. As mulheres se jogavam aos seus pés, sabia que facilmente poderia ter qualquer uma delas desde a mais perfeita até a mais simples.

Nas ruas os olhares das mulheres famintas por sexo o despiam. Seu corpo perfeitamente esculpido era desejado tanto pelas maduras quanto pelas mais novinhas. E de novinhas entendia muito bem.

Era professor de um bando de adolescentes loucas de curiosidade. Vivia fugindo de problemas. Aliás, de uns tempos para cá tinha se tornado um homem tão sério que o assédio tinha diminuído. O que era muito bom, já que repudiava qualquer tipo de relacionamento que não fosse o de professor e aluna em sala de aula. Independente da idade de suas alunas, não nutriria nenhum tipo de desejo por elas. Sua postura de homem de respeito não lhe permitiria.

Analisou por alguns instantes um folheto em sua mão. Algumas garotas de programa estampadas em poses ousadas e o telefone de uma casa de acompanhantes. Pensando mil vezes antes de chamar alguém para satisfazer-lhe os desejos de macho, mesmo que lhe parecesse tão primitivo usar outro ser humano para o seu prazer momentâneo. Sem dúvida vivia um grande conflito desde que decidiu não se envolver com mais ninguém.

A última mulher a frequentar seu apartamento foi uma ex-colega de faculdade, Ludmila. Uma bela morena, engraçada e liberal. Liberal até de mais, diga se de passagem, afinal enfeitou sua cabeça com um belo par de "chifres". Terminou um relacionamento de quase dois anos o chamando de frio e insinuando que não gostava de mulheres de verdade.

Sempre que lembrava doía um pouco. Não por tê-la amado, porque nunca a amou de verdade, mas teve seu orgulho ferido, sua masculinidade questionada. E foi só lembrar-se disso para que em um impulso amassasse o papel e desistisse de chamar alguém para lhe prestar algum serviço, ao invés disso foi ao banho. Uma ducha fria certamente lhe acalmaria.

No banho, deslizava uma mão sobre o membro ereto, permitindo-se chegar à satisfação plena. Ali, sozinho, sem mulher nenhuma para ter que aturar depois do prazer.

Todas as noites eram iguais e, muitas vezes os dias também. Essa era sua vida e, embora solitária, tinha seus bons momentos. Deitar na cama saciado, completamente relaxado e dormir o sono dos justos era muito merecido.

— Boa noite, William. Você é o cara! — Falava a si mesmo desligando a luz de cabeceira como fazia todas as noites.

2. Os dias

O relógio despertava no horário de costume. William abria os olhos e ficava olhando para o teto. Sentia um misto de preguiça com desconforto. Mais um dia acordava com seu membro ereto.

— Caralho! Como uma puta me faz falta de manhã.

Levantava da cama, mal-humorado na maioria das vezes, e desfilava seu corpo nu cruzando a sala para pegar o jornal que o porteiro do prédio enfiava por debaixo da porta.

Dava uma olhada rápida no jornal ainda sem roupa. Ligava a TV, mas não assistia nada. Talvez o fizesse apenas para diminuir a solidão do imenso apartamento que morava.

Escovava os dentes e escolhia a

roupa a deixando sobre a cama, depois entrava no banho quente e demorado. Vestia-se e ajeitava seu material na pasta. Antes de sair passava seu perfume preferido e parava na frente do espelho. Esse era o seu ritual.

— Willian, você é o cara! — Repetia com um largo sorriso.

No caminho de casa até a escola ouvia suas músicas preferidas no som do carro. Gostava de cantar junto com a música e fazia isso muito bem. Em menos de 20 minutos encostava o carro diante de um prédio antigo e requintado. Era a Escola Estadual mais antiga da cidade, a preferida pela maioria das famílias da região por ser muito bem administrada.

— Bom dia, professor.

— Bom dia, meninas! — Respondia às meninas bonitas aglomeradas diante do portão.

Willian era muito famoso entre as alunas. Além de bonito, charmoso e muito sexy, era um cara legal. Suas aulas eram as melhores e gostava do que fazia. Literatura era uma de suas paixões, talvez a única desde que decidiu não se envolver com mulher alguma.

Mesmo sendo um homem quente e ousado, William jamais se envolveu com alguma aluna por mais tentado que fosse. Algumas vezes até chegou perto disso, mas seu caráter forte e reto não lhe permitia.

Eram apenas garotas entre 14 e 17 anos, lindas e cheias de curiosidade, que despiam o professor só com o olhar. Billy, como era chamado pelas alunas, nunca tinha lhes dado nenhum tipo de incentivo.

Mas, se por um lado as garotas não lhe tiravam do sério, não acontecia o mesmo com as suas colegas de trabalho. William já tinha saído com quase todas elas, até mesmo com as casadas. Algumas mais velhas outras mais novas, da faxineira a diretora da escola. Contava-se nos dedos as que nunca tinham se envolvido com ele.

Porém, essa vida de encontros e noitadas tinha ficado no passado. Depois de anos vivendo uma vida vazia, cheia de relacionamentos frustrados e encontros causais, William cansou e simplesmente se fechou a ponto de resumir seus dias e noites a uma rotina sem fim.

3. O curso de verão

Era novembro e logo as aulas terminariam. William já tinha renovado a assinatura do seu canal de filmes e abastecido sua adega. Há alguns anos suas férias eram assim, porém esse ano a diretora da escola o chamou para ministrar um curso de verão no lugar da professora responsável que estava de licença maternidade.

No começo ele não aceitou. Sentia-se cansado, já não tinha mais vinte anos e precisava tirar umas férias. Depois resolveu aceitar o desafio, afinal, as aulas seriam apenas no horário da manhã, poderia tirar o restante do dia para descansar.

As últimas duas semanas de aula passaram depressa. William descansou o final de semana e logo chegou a segunda feira, dia em que o curso de verão começaria.

Acordou e como de costume praticou seu ritual diário. Escolheu uma roupa um pouco mais clássica, vestiu-se e admirou-se no espelho. Calça social preta, camisa bordô com o último botão aberto e um blazer com detalhes em chamois. Os sapatos pretos e o gel no cabelo completavam o visual arrebatador e como toque final o perfume.

Estava pronto para o primeiro dos trinta dias que ministraria o curso de verão mais procurado, o de Literatura Contemporânea.

Pegou o carro, colocou suas músicas, como de costume, e saiu cantando junto pelo caminho. Desejava sinceramente que aquele curso lhe trouxesse alguma novidade de vida, qualquer coisa que quebrasse aquela sensação de inércia que, com o tempo, só aumentava.

Sua vida era sistemática, tinha se tornado um cara chato e tinha consciência disso. Perfeccionista em tudo. Seus muitos livros na estante dispostos por tamanho, seus sapatos guardados nas caixas, seu guarda roupa organizado por cores e tons, até seus utensílios de cozinha passavam por um ritual de polimento e separação por grau de utilização.

No último ano tinha trocado cinco vezes de diarista. Por fim contentou-se com a última e passou a reservar um tempo para fazer as coisas que ela não dava conta.

Chegou à escola e não avistou suas alunas aglomeradas na entrada. O movimento era pequeno, alguns adultos e poucos alunos conhecidos. O curso era aberto à comunidade e muitos alunos de outras escolas tinham interesse. William ouviu dizer que até professores já formados tinham se inscrito, o que talvez deixasse os seus dias mais interessantes.

Estacionou o carro e seguiu para a sala dos professores. Ainda tinha algum tempo e poderia tomar um cafezinho antes de entrar na sala de aula e conhecer seus novos alunos. Pelo que deu para perceber a maioria dos seus alunos do ensino médio preferiram aproveitar as férias, o que era muito bom. Queria conhecer gente nova... Novas ideias são sempre bem-vindas.

William distraiu-se na sala dos professores e acabou esquecendo que o horário do curso de verão era sete e meia e não sete e quarenta e cinco como de costume. Logo no primeiro dia chegaria atrasado. Para quem esperava sair da rotina, havia começado muito bem.

4. A moça dos livros

Pele clara e lindos cachos caindo aos ombros, olhos expressivos e curiosos e uma boca delicada, colorida naturalmente de rosa. Uma beleza simples, discreta e até certo ponto comum, se não fosse pela personalidade forte regada pelo jeito espevitado de ser. Algumas sardinhas no rosto quase adolescente e uns belos quilinhos a mais.

Assim era Bibiana, no auge dos seus 21 anos, com a maturidade de uma senhora de 150 e a aparência de uma menina de 16.

Bibiana nasceu cercada por livros. Seus pais lhe deram esse nome pelo romance de Érico Veríssimo, "O tempo e o Vento". Se nascesse menino certamente se chamaria Rodrigo.

Sua mãe sempre contava que começou a sentir as dores do parto nas últimas folhas do livro, mas não avisou ninguém porque não queria interromper a leitura.

Nasceu no mês de outubro, sob o equilibrado signo de Libra e cresceu regrada como uma balança. Nunca deu trabalho aos seus pais. Desde cedo sentava em uma poltrona por horas assistindo a mãe, professora de português e literatura, corrigir provas e trabalhos dos seus alunos. Isso a divertia.

O pai era professor do curso de jornalismo e colunista em um jornal local. Muitas vezes a levou na redação para que conhecesse as rotinas dos jornais diários. Isso era simplesmente fascinante.

Assim, Bibiana tornou-se uma

mulher inteligente, culta e apaixonada pela leitura. Formou-se cedo em literatura, porém tudo que escrevia mantinha em segredo. Não gostava de dividir seus textos. Sentia-se invadida quando alguém tentava lê-los e isso estava atrapalhando seus planos, sua carreira, seu futuro.

Sempre sonhou em ser escritora, em criar histórias e personagens, dar vida a toda sua criatividade. Mas estava falhando e sentia-se frustrada.

Foi quando resolveu fazer um curso de verão. Uma oficina literária para aprimorar sua escrita e trocar experiências, talvez isso a desse a segurança que precisava para enfim publicar seus textos.

Aproveitou o curso de literatura contemporânea da escola do bairro vizinho para utilizar melhor o período de férias da escola na qual lecionava

Apesar do gosto pela leitura, Bibiana nunca foi uma boa aluna. Sentia-se presa em uma sala de aula, perdia sua atenção com facilidade e, sempre que podia, "escapava para respirar ar puro", segundo ela.

Portanto, antes mesmo do curso de verão começar, já tinha se arrependido. Se o valor cobrado não fosse tão alto certamente desistiria antes da primeira aula, mas já que não tinha outro jeito, lá foi ela encarar a sala de aula em pleno verão.

5. O primeiro encontro

Bibiana não sabia o que tinha na cabeça quando escolheu se trancar em uma sala cheia de desconhecidos nos dias mais quentes do ano.

Para o terror da garota a sala estava lotada, mais ou menos umas 45 pessoas. Tudo parecia uma grande mistura com jovens de todas as tribos e idosos em todas as idades. Mesmo com idades tão diferentes entre si, todos carregavam uma aparência intelectual.

Tinha ouvido dizer que muitos dos alunos vieram de longe por causa do professor que ministraria o curso. Era um dos mais conceituados tendo publicado vários livros. Podia se dizer que tinha uma carreira discreta, porém muito sólida.

Acomodou-se em sua carteira e pôs-se a esperar o tal professor enquanto rabiscava algumas linhas do caderno. Ele estava atrasado, tinha começado bem com sua amostra de estrelismo.

Quinze minutos atrasado. Jurava que se levantaria e perderia o valor investido se ele não chegasse nos próximos cinco minutos. Foram os cinco minutos mais longos dos últimos tempos e, por fim, levantou-se da cadeira decidida a cancelar o curso.

Foi como um relâmpago em direção à porta, tão indignada com o ocorrido que acabou levando alguém pela frente. Seu corpo bateu com força contra alguém, que provavelmente também estava com pressa, e seus livros e cadernos foram todos ao chão.

Bibiana, envergonhada, sem nem olhar para a cara do pobre atropelado começou a juntar os livros e cadernos separando os seus dos dele, se desculpando.

— Não precisaria pedir desculpas se olhasse por onde anda, mocinha. — Disse o cara com uma voz de ator de cinema, provocando em Bibiana um arrepio na alma.

— Como disse? — Perguntou a jovem não acreditando na petulância daquele abusado que ousou ficar entre ela e a porta de saída.

Bibiana ficou ali, olhando o cara na frente dela. Tudo nele era atraente. Desde a aparência máscula, forte, viril, até o seu jeito esnobe e altivo. Quem ele pensava que era?

Depois de certo tempo arrebatada por uma irritação fora do comum, voltada para alguém que ela nunca tinha visto na vida, acabou percebendo que o estranho na sua frente era o professor atrasado que olhava para ela do alto da sua arrogância.

— Desculpe, professor, pensei que o curso tinha sido cancelado, me passaram o horário das sete e meia...

— Ah, sim. Tive um pequeno atraso. Sente-se no seu lugar, começaremos a aula agora.

Bibiana estava indignada. Nunca ninguém a tinha tratado com tanta insignificância, foi mandada sentar como se estivesse no primeiro ano da escola. Acabou obedecendo para não chamar tanto a atenção da sala cheia.

— Bom dia, turma, desculpem-me pelo meu atraso. Eu sou o professor William e vou ministrar o curso de verão a vocês. Passarei uma lista de temas abordados juntamente com a ementa do curso e as leituras obrigatórias.

Bibiana ainda sem jeito tentava encontrar a única caneta azul que tinha em seu estojo. Quando William percebeu o nervosismo da garota, jogou uma caneta em sua mesa e continua com sua explicação sobre o curso como se nada tivesse acontecido.

— Esse cara se acha! — Pensou Bibiana de si para si. — Esses trinta dias prometem. Espero não me arrepender mais do que já estou arrependida.

6. Aproximação

William lavou o rosto demoradamente, pousou as mãos sobre o rosto e respirou fundo. O primeiro dia de aula tinha sido bem exaustivo, não esperava tantos alunos.

De repente sorriu, tinha lembrado da maluquinha que quase o derrubou na porta. Deu uma olhada em seus exercícios de aula e ela parecia inteligente, tinha boa escrita. Qual era mesmo o nome dela? Não tinha prestado atenção, só lembrava que tinha belos peitos.

— Menininha sem graça. — Repetiu como se quisesse convencer a si mesmo.

Entrou no carro, deu a partida, mas não pôde cruzar o portão. Tinha um carro a sua frente trancando a

passagem. Buzinou insistentemente,
pôs a mão para fora, gesticulou e nada.
O motorista da frente parecia estar com
problemas. Desceu e foi até lá e, para
sua surpresa, a motorista atrapalhada
era a sua aluna do curso, a garota
gordinha.

— Ei, menina, você tem permissão
para dirigir? — Soltou a risadinha
irônica de sempre.

— Ora, ora, professor. Não sabia
que o senhor era guarda de trânsito nas
horas vagas. — Retribuiu a ironia,
ainda desconcertada por ter sido pega
de surpresa.

William, que já estava sem o blazer,
arregaçou as mangas e deu uma olhada
no motor do carro de Bibiana.
Conversou com o guardinha da escola e
outros homens em volta e constatou
que ela deveria chamar um guincho. O

problema teria que ser resolvido por um mecânico.

Bibiana fez algumas ligações e logo o serviço de guincho chegou. Ela agradeceu a companhia do professor e pegou o celular para chamar um carro pelo aplicativo, mas William ofereceu-se para largá-la em casa. Após relutar um pouco acabou aceitando entrar no carro de William que a deixou na porta de casa, sem trocar muitas palavras.

Às vezes durante a curta viagem Bibiana olhava para aquele homem ao seu lado. Certamente tinha idade para ser seu pai. Seu jeito debochado a irritava, mas alguma coisa nele lhe trazia segurança.

Depois de deixar a garota em casa William seguiu seu caminho. Evitava pensar na garota, mas não deixou de perceber que era maior de idade, afinal, já tinha habilitação para dirigir. Tinha tido a impressão de se tratar de uma menininha de 16 anos ou até menos, tão tímida...

Bibiana subiu direto para o quarto, jogou-se na cama e espreguiçou-se sentindo alguns ossos estralarem. Estava tensa. Devia ter aproveitado as férias para descansar, mas já que tinha decidido fazer o curso era melhor aproveitar bem as aulas.

Sentou-se na cama, abriu o caderno e ficou relembrando a aula de William. O cara metido era bom mesmo, todos tinham gostado dele, pôde reparar pelos comentários na hora do intervalo.

— Será que ele tem Facebook? — Perguntou a si mesma, já abrindo o notebook. — Achei! William Zanton.

Passou o resto da tarde stalkeando o professor, salvou algumas de suas fotos públicas e sem perceber curtiu algumas de suas postagens. Quando se deu conta achou melhor deixar assim. Se removesse a curtida chamaria mais atenção. Agora teria que esperar o dia seguinte e torcer para que ele não a reconhecesse.

— Bibiana, você só faz besteira! — Repreendeu a si mesma.

7. Stalkeando

William já nem sabia como usar suas tardes livres. Nas últimas férias tinha pegado uma virose e passou vários dias repousando e, mesmo que não tivesse ficado doente, no ano passado ainda tinha gosto por fazer corridas ao ar livre. No entanto, ultimamente nada o satisfazia.

Sentou-se em frente ao computador na tentativa de abrandar o tédio que estava lhe matando. Há dias não mexia em suas redes sociais então resolveu dar uma olhada.

Como de costume tinha muitas solicitações de amizade, curtidas em suas fotos e postagens, mas uma em especial. Bibiana Venes. O rosto e o nome não lhe eram estranhos, mas não conseguia lembrar-se de onde conhecia aquela garota.

Abriu o perfil para tentar lembrar. Ela era bonita. Nada demais, nenhuma modelo, mas a beleza chamava sua atenção. Começou a ler as postagens, deixando as fotos de lado e acabou passando a tarde pesquisando o perfil daquela desconhecida que tinha tanta coisa em comum com ele. No final do dia já sabia que ela era professora de português em uma escola de ensino fundamental.

No perfil não tinha sua idade, mas aparentava ser bem jovem. Foi aí que lembrou-se da garota gordinha do curso de verão e sorriu, aliás desde que a conheceu tinha voltado a sorrir.

— William, William. Juízo. É só uma menina.

Naquela noite demorou a dormir. Revirou-se na cama louco de desejo, culpa e curiosidade. Queria saber mais sobre a garota que o perturbava tanto. Nada havia acontecido e, provavelmente, ela nem o tinha notado.

Tinha idade para ser seu pai e ela nem mesmo era tão bonita para tirar-lhe do sério dessa forma. Percebendo que não conseguiria dormir, acendeu a luz e pegou o notebook.

— Devo estar enlouquecendo. — Pensou consigo. — Perder o sono por algumas fotos.

Mas William sabia que o que o atraiu não foram apenas as fotos, mas o jeito daquela garota era o que mexia com ele.

Bibiana não costumava dormir cedo, ficava na internet até altas horas, ainda mais depois de achar o perfil do professor. Bibiana baixou a maioria de suas obras e descobriu seus perfis em várias redes sociais, porém estava em um dilema. Enviar solicitação de amizade ou não?

Acabou enviando, afinal era bem provável que ele nem a identificasse no meio de tantos alunos e seguidores.

Enquanto William salvava algumas fotos da menina, chegava uma solicitação de amizade. Para sua surpresa, era ela. Bibiana. Ficou imóvel por alguns instantes. Nunca teve problemas em aceitar solicitações de alunos, mas agora era diferente, não sabia o que fazer. Sorriu novamente e sem olhar para a tela apenas clicou. Pronto agora eram amigos.

— Meu Deus, ele aceitou! Ele está online e agora? — Corou Bibiana.

Ambos estavam online, ansiosos e curiosos para saber um do outro, mas não tinham coragem de iniciar uma conversa.

— Vamos, William. Qual o problema? — Dizia para si.

— Só um oi, Bibiana. Você consegue! — Pensava a garota.

Nenhum dos dois teve coragem. William fechou o computador e deitou-se na cama, não queria chegar novamente atrasado. Bibiana também desistiu, não queria parecer um panda no dia seguinte.

8. E por falar em expectativas

William acordou todo dolorido. Dolorido e mal-humorado, tinha se arrependido de aceitar a solicitação da garota. Certamente isso daria intimidade a ela e isso era a última coisa que ele precisava no momento. Uma garotinha apaixonada correndo atrás dele na escola.

Caprichou ainda mais no visual naquele dia e saiu rapidinho, não antes de dar uma olhadinha no celular para se certificar que não tinha nenhuma mensagem. Depois saiu resmungando, repreendendo a si mesmo.

Desta vez não cantou junto com as músicas. Estava um pouco nervoso, certo que Bibiana tentaria uma aproximação.

Bibiana acordou atrasada, saiu de casa quase correndo. Tinha reclamado tanto do atraso do professor, não queria dar motivos para reclamações. Prometeu a si mesma ser discreta. Não lhe dirigiria uma simples palavra sobre o ocorrido na noite passada, com sorte ele não associaria suas fotos mega produzidas com sua aparência de adolescente, gordinha e sem sal.

A autoestima nunca foi o seu forte, pelo menos no que dizia respeito a sua aparência. Sua vaidade era outra, adorava chamar atenção pela inteligência e astúcia.

Chegaram quase juntos a Escola, estacionaram seus carros lado a lado nas últimas duas vagas livres. Foi inevitável cruzarem os olhares. William dirigiu lhe um bom dia seco e ela retribuiu com um aceno de cabeça.

— Ufa, ele não me reconheceu... — Bibiana respirou aliviada.

— Boa, William. Você é o professor, se dê ao respeito. — Murmurou baixinho como quisesse convencer a si.

Ainda teriam 4 horas pela frente para agir como se não significassem nada um para o outro. Já na sala de aula, William abordou o tema amor e expectativas. Apresentou algumas poesias atuais e pediu que os alunos escrevessem sobre o tema.

A tarefa deveria ser entregue para uma avaliação até o intervalo da aula e prometeu entregar todos os pequenos textos lidos e com um parecer a cada aluno até o final da aula, enquanto a turma debatia sobre o livro do dia. Nunca sentiu-se tão sem graça ao abordar um tema tão normal na literatura.

Bibiana, que sempre teve problemas em ser avaliada por seus escritos, encarou o desafio como um balde de água fria. Escrever sobre sentimentos e expectativas já era algo difícil, escrever algo que seria lido por William era infinitamente pior.

Mas estava ali para isso. Para ser avaliada, para melhorar sua escrita e seu conhecimento literário. Não podia desistir, era uma questão de honra.

Bibiana foi uma das primeiras a entregar a atividade, levantou-se e colocou na mesa de William que pegou o papel nas mãos como quem pega uma brasa e pôs-se a ler:

"Eu poderia escrever linhas e linhas sobre tudo que espero do amor, mas do que isso me serviria? Por acaso o meu esperar me garantiria o receber?

Não, é claro que não, porque o amor é cavalo indomado, ele se entrega quando bem entende e a quem deseja. O amor é a tempestade camuflada de calmaria, é a loucura fantasiada de sensatez. O amor é proclamado pacificamente, mas quem ama vive em uma constante guerra entre o que deseja sentir e o que realmente sente.

Quanto a mim, não me permito amar, mas ainda assim espero pelo dia em que o tal potro selvagem arrombará a porta do meu coração sem permissão. Assim, colocarei a culpa no que não se pode controlar, e viverei a loucura do amor, totalmente entregue. Submissa."

9. Tentativas

William lia e relia o papel. As poucas linhas da garota mexiam com seu instinto de macho conquistador, dominador. Ela fazia de uma forma inocente e natural despertar o cara que ele pensou não existir mais.

Muito mais que apenas um desejo, uma vontade de transar e logo em seguida ver a mulher desaparecer da sua frente, estava à vontade de estar perto. Descobrir mais sobre ela, saber o que gosta de fazer, o que prefere comer. Essas besteiras que se orgulhava de não ter estomago para encarar novamente, não a essa altura da vida.

Ficou visivelmente desconcertado. Leu o texto dos outros alunos como quem lê bula de remédio. Só queria que a aula acabasse para ficar sozinho com seus pensamentos novamente. Acabou inventando uma desculpa para entregar no dia seguinte o parecer sobre cada texto escrito, assim poderia levar para casa o poema de Bibiana.

Felizmente a manhã passou depressa. Mal o sinal bateu e William já tinha guardado todo seu material. Bibiana tentou não dar muita bandeira e saiu em direção ao seu carro em passos de tartaruga. Deu tempo do professor dar uma passada na sala dos professores e sair, ocasionando o encontro dos dois.

William fez um comentário ligeiro sobre as aulas e Bibiana respondeu com uma pergunta:

— Você é assim, sempre tão formal?

Ele sorri sem graça e diz:

— Depende o que é ser formal para

você.

— Não sei exatamente o que é formal em você, mas alguma coisa no seu jeito traça uma linha claríssima que separa professor de aluno.

— Você é uma boa observadora. — Respondeu William. — Como é mesmo o seu nome?

— Bibiana Venes. Achei que sabia, afinal aceitou minha solicitação de amizade. — Nesta hora Bibiana odiou a si mesma, não devia ter dito isso.

O professor fez um sorriso debochado que por sinal Bibiana odiava.

— Eu tenho tantos alunos, nem sei quais eu adiciono em minhas redes sociais.

A garota sorriu de um jeito sem graça e entrou no carro.

— Nossa como sou ridícula, sou

apenas mais uma aluna! E eu achando que tinha até rolado um clima nas trocas de curtidas. — pensou consigo mesma.

William também entrou no carro disfarçando muito bem o interesse que a gordinha tinha despertado nele. Chegou direto ao computador e logo em seguida Bibiana ficou online também. Novamente o jogo de gato e rato começava.

Nenhum dos dois tinha coragem de enviar uma mensagem. Só olhavam a janela aberta e nada de escrever alguma linha. Bibiana pensou e pensou e decidiu falar alguma coisa, afinal ele era seu professor.

"Olá, professor, aqui é a Bibiana Venes do curso de verão. Gostaria de pedir uma indicação de livro."

—Não acredito que eu pedi

indicação de livro depois dele ter passado uma lista com mais de 30 títulos. — falou a garota em voz alta colocando a mão na testa.

William gargalhou sozinho, percebeu de cara que a desculpa para lhe enviar mensagem era "furada".

"Olá senhorita Venes, como vai? Acredito que qualquer uma das trinta sugestões que passei no primeiro dia de aula será uma boa opção."

— Esse cara adora me cortar, sujeito grosseiro. — Falou consigo mesma.

Depois agradeceu de forma seca e ficou off-line. O professor percebeu que tinha perdido uma boa chance de aproximação. Não precisava ser desse jeito, mas era tão natural o modo que agia secamente com as pessoas. Principalmente com as mulheres.

Provavelmente tinha esquecido como tratá-las.

10. Uma trégua

William sabia que tinha cometido um erro e estava disposto a consertar. Escolheu entre os seus livros um título bem interessante. Decidiu que levaria na manhã seguinte. Passou o dia em um dilema: entregar o livro a garota dando assim espaço a ela para uma aproximação, acabando com a má impressão que tinha deixado ou simplesmente esquecer, afinal de contas nunca teve grandes amizades com seus alunos, não seria agora que isso mudaria.

Passou a tarde arrumando seus livros. Só a noite pegou os trabalhos escolares para escrever um parecer em cada escrito. Novamente ficou um bom tempo lendo e relendo as poucas linhas de Bibiana.

Não sabia o que escrever. Pela primeira vez estava deixando algo que nem existia atingir seu trabalho. Se não tivesse assumido o compromisso com a diretora certamente desistiria do curso.

Já passava da hora de dormir quando enfim escreveu seu parecer no texto da garota. Algo como "gostei do texto" associado a algum elogio gramatical, estava simplesmente sendo o professor. O que passasse disso poderia lhe trazer problemas. A essa altura já não sabia se deveria lhe entregar o livro ou não.

Acabou falando consigo mesmo que entregaria sim o livro, afinal reconhecia que tinha sido muito frio com a garota e, talvez, ela só esperasse que um professor de literatura com o currículo dele fosse pelo menos mais atencioso. Deixou o livro ao lado da cama, apagou a luz e dormiu.

Desde que o curso tinha começado muitos dos rituais rotineiros de William tinham sido mudados. Ele mesmo se reconhecia mais humano, menos perfeccionista.

Dormiu feito uma pedra, mas acordou no horário certo. Aprontou-se para sair, mas antes pegou o livro, uma obra de literatura contemporânea chamada "O Vizinho perfeito". No caminho pensou em Bibiana, o que já tinha deixado de ser uma novidade.

Esse joguinho de gato e rato tinha dado certa cor a sua vida. Ele realmente estava gostando, sentindo-se mais jovem e menos mal-humorado. Bibiana lhe fazia bem mesmo de longe.

Chegou à escola já procurando o carro da garota com os olhos. Sempre chegavam quase no mesmo horário, mas desta vez ela parecia estar um pouco atrasada. Foi à sala dos professores pegar um cafezinho e já se dirigia a sua sala de aula. Para sua surpresa, ela ainda não havia chegado e teve que começar a aula sem Bibiana.

Perturbou-se por ter sentido a falta dela. Já tinha criado certo vínculo, algo como um estímulo maior para levantar todos os dias da cama estando no período de férias. Se não fosse a presença daquela gordinha, passar o mês mais quente do ano enfiado dentro da sala de aula não seria tão interessante. Muitas vezes pegou-se pensando como seria depois que o curso de verão acabasse, mas enxotava aqueles pensamentos absurdos da cabeça.

Com quase meia hora de atraso, Bibiana chegou. Trazia um bilhete da secretaria a permitindo entrar. William leu rapidamente a permissão e acenou que fosse ao seu lugar. Tinha vontade de parar tudo que estava fazendo para perguntá-la o que tinha acontecido, mas aguentou firme. Sabia que não tinha essa intimidade e nem se permitiria tanto.

11. Uma manhã diferente

William caminhava nervoso pela sala de aula, havia se confundido muitas vezes e sua fala estava dispersa. Felizmente sua fama e a carreira sólida lhe permitiam esses pequenos deslizes, talvez nenhum dos alunos tivesse percebido. Sentou-se para corrigir um material e Bibiana agachou-se ao lado da sua mesa, lhe causando espanto.

— Professor, eu gostaria de me desculpar por ter chegado atrasada, mas hoje tive novamente um problema com meu carro. Acabei vindo de ônibus. — William ficou olhando para a garota enquanto ela se justificava tão seriamente como se tivesse feito algo muito grave.

Olhava para os traços delicados e a boca bem-feita, ela parecia uma menina das que costumavam frequentar suas aulas no ensino médio. Certamente se não soubesse sua idade não arriscaria mais que 16. Nunca tinha sentido-se atraído por uma aluna.

Sua personalidade bem centrada não lhe permitia tal atração, afinal ele era um homem adulto, experiente e como ele mesmo se considerava, estragado pelas desilusões da vida.

— Professor? Está me ouvindo?

— Sim, sim, não tem problema. Isso acontece. — Respondeu depressa, um pouco sem jeito.

Bibiana percebeu que ele estava um pouco sem graça e perguntou se estava tudo bem. Ele sorriu de leve e disse que sim. O sinal do intervalo tocou. Bibiana foi indo em direção à porta e William a chamou.

— Você me perguntou sobre livros

um dia desses. Eu gostaria muito que desse uma olhada neste aqui. — Disse mostrando um livro com a capa colorida com mais ou menos 250 páginas.

Bibiana sorriu, pegou o livro da mão do professor e por um instante ficaram olhando-se até corarem as bochechas. Então, William olhou para o relógio e disse que precisava dar uma passada na sala da diretora para tratar de um assunto. Despediram-se como adolescentes. Ele sentiu-se ridículo, mas ainda assim sorriu.

O restante da aula foi tranquilo. William estava bem-humorado, ele mesmo se reconhecia. Chegou a ler alguns dos seus textos e debater com os alunos. Na hora de ir embora a garota despediu-se indo em direção ao ponto de ônibus, mas o professor passando de carro por ela ofereceu uma carona.

Passaram o caminho todo conversando sobre os livros que William escreveu. Bibiana falou para ele sobre seu receio de mostrar seus textos ao mundo e ele como bom professor a encorajou a seguir em frente. Bibiana perguntou se ele gostaria de ler algo escrito por ela e ele disse que se sentiria honrado.

Marcaram de encontrar-se à tarde na biblioteca do centro da cidade. William deixou Bibiana em casa e seguiu o seu caminho. Aquela manhã tinha sido muito diferente das outras. Aos poucos a inércia da vida de William dava lugar a novos sentimentos, novas emoções, tudo muito diferente do que ele andava vivendo nos últimos anos.

Chegou em casa, ligou a TV e jogou

seu material em um canto da mesa. Tirou a camisa e deitou assim mesmo no sofá. O sorriso estampado em seu rosto entregava seus pensamentos e falava consigo mesmo.

— Vá com calma, William. Vá com calma.

12. Bons momentos

Perto do horário marcado William tomou um banho, vestiu roupas confortáveis e saiu para encontrar sua aluna. Embora estivesse sentindo uma euforia fora do normal, também sentia-se inseguro. Não sabia se estava agindo certo, mas também sabia que não havia nada de errado em encontrar com a garota, conhecer o que ela costumava escrever.

Afinal, ela confiou seus textos a ele, acreditava no seu potencial como mestre e tinham uma visível afinidade. Não havia por que não se encontrar com a menina.

O que passava disso só existia na sua cabeça de quarentão encantado com uma garota com idade para ser sua filha. Chegou cedo à biblioteca que estava quase vazia.

Depois de alguns minutos Bibiana chegou. Vestia um vestidinho cor de pêssego e sapatilhas na mesma cor. Tinha prendido o cabelo num rabo de cavalo o que a fazia parecer ainda mais jovem do que era. William desajeitado procurava desviar o olhar enquanto a garota caminhava sorrindo em sua direção.

Sentaram em uma mesa distante localizada na varanda que dava vista para um parque cheio de árvores. Ali era permitido conversar. Bibiana abriu alguns cadernos e tirou folhas de algumas pastas que carregava com ela.

— Eu nunca me senti bem permitindo as pessoas lerem minhas histórias, meus poemas. São partes de mim, o julgamento das pessoas me incomoda um pouco.

— Mas você confiou em mim. — Disse William olhando nos olhos de Bibiana. E ela respondeu:

— Porque eu sinto que você é diferente. Talvez o teu julgamento eu aceite.

Novamente os dois se olharam nos olhos e ficaram assim por alguns instantes que mais pareciam horas até que Bibiana lhe mostrou os primeiros capítulos do livro que estava escrevendo.

William leu, opinou, questionou e rabiscou algumas folhas com suas ideias. Bibiana estava encantada, tudo no professor soava como algo mágico. Estar ali estava sendo uma experiência incrível.

Passaram boas horas conversando sobre o material que Bibiana lhe mostrou, depois William ofereceu-se para levar a garota em casa já que ela ainda estava sem carro. No caminho ele a convidou para passar no shopping e tomar um suco ou fazerem um lanche juntos e Bibiana aceitou.

Pediram batatas fritas e refrigerantes. William achou o máximo ver uma garota comendo com vontade. Estava cansado das mulheres cheias de frescuras que conheceu ao longo da vida. Ver aquela garota encher as batatas fritas de *ketchup* lhe arrancava suspiros, sentia-se vivo.

A tarde e o início da noite foram tão divertidos que perderam a hora. Já passava das nove quando William deixou Bibiana em casa. Bibiana disse um até amanhã tímido e ele ficou olhando seu rosto delicado, decidindo se a beijaria ou não.

Obviamente que não se permitiria

tanto, mas bem que Bibiana queria o beijo que não aconteceu. Ele segurou sua mão e beijou como um cortejo deixando-a corada.

— Até amanhã então... — disse a garota.

— Até amanhã. — disse o professor.

Já tinha descido quando William a chamou de volta, rabiscou em um folder de propaganda seu número de telefone.

— Salva na agenda.

Pode deixar... — Disse Bibiana, virando as costas rapidamente para esconder o sorriso estampado no rosto de menina.

William entrou no prédio em que morava cumprimentando o porteiro e foi cantarolando ao elevador. Sentia-se feliz como há muito tempo não sentia.

Ligou o celular e tinha uma mensagem de Bibiana.

"Salva meu número também. E se não for pedir muito, manda uma mensagem de boa noite, para eu saber se chegou bem em casa...".

Além de doce, linda e inteligente ela demonstrava carinho por ele. Isso era algo novo, assustava um pouco, mas sem pensar muito, William tirou uma selfie sorrindo e enviou para a garota.

"Cheguei bem, veja você mesma...".

Em poucos instantes, recebeu uma nova mensagem. Era uma foto de Bibiana deitada na cama abraçada com um ursinho de pelúcia e com o livro que ele tinha lhe emprestado.

William enviou uma mensagem perguntando se podia ligar, ela respondeu que sim e passaram quase a noite toda conversando. Falaram sobre livros, filmes, músicas, viagens, comidas, assunto era o que não lhes faltava.

Até que ele a lembrou que tinham que estar na escola cedo e quase 5 da manhã despediram-se.

13. Novos dias e noites

O Relógio mal despertou e William já saltou da cama super bem-humorado, nem parecia que tinha dormido tão pouco. Tirou a roupa e foi para o banho cantarolando, como há tempos não fazia.

Tomou seu banho e vestiu-se em tempo recorde. Não queria perder tempo, precisava encontrá-la. Dirigiu sem cantar por estar com os pensamentos bem longe dali. Iria convidar Bibiana para almoçar com ele. Já tinha até escolhido o lugar, um restaurante de frutos do mar que costumava frequentar.

Chegou à escola e logo de cara já avistou Bibiana no portão, como se esperasse por ele. Cumprimentaram-se olhando diretamente nos olhos por alguns eternos segundos, depois ficaram sem jeito e sorriram feito bobos. William passou na secretaria como de costume e Bibiana foi esperar por ele na sala de aula.

William não era mais aquele cara sério. Suas aulas agora eram mais animadas do que de costume e passavam mais depressa também. No intervalo ficou com os alunos reunidos, incluindo Bibiana, conversando sobre diversos assuntos. Tinha aprendido a sorrir novamente.

Bibiana participava mais da aula. Já arriscava ler para a turma seus textos e assim novos dias iam se passando. William e Bibiana estavam muito unidos, ainda como aluna e professor. Ninguém se atrevia a dar um passo à frente, mas já ouviam-se comentários na escola.

Principalmente depois dos dois começarem a chegar juntos e sair juntos das aulas. Todos os dias William pegava Bibiana na frente da casa dela e a deixava lá também.

Durante as tardes ainda se encontravam para tomar sorvete ou lancharem juntos. Nas primeiras vezes que tomou sorvete de casquinha sentado na calçada, William estranhou muito. Não tinha se imaginado fazendo algo assim, mas estar com Bibiana era incrível.

Ainda que soubesse que qualquer outro tipo de envolvimento não seria possível. Por mais encantadora que fosse, era apenas uma menina e ele jamais a encorajaria.

No final daquela semana, William convidou a garota para ir a um sarau. Ele declamaria algumas poesias e prestigiaria a apresentação de alguns amigos. Ela de pronto aceitou e os dois se divertiram muito.

Depois do encontro de amigos saíram para jantar e no final da noite William tomou coragem para convidá-la para conhecer seu apartamento. Depois de deixar um silêncio assustador no ar e um pouco antes do professor constrangido retirar o convite, Bibiana aceitou.

Para a surpresa da garota que já tinha até avisado os pais que dormiria fora de casa, nada aconteceu. Apenas conversaram, bagunçaram a estante de livros e beberam vinho. Aliás, foi a primeira vez que Bibiana bebeu em sua vida. Logo adormeceu no sofá e William a levou no colo até sua cama, a cobriu e foi dormir no sofá.

No dia seguinte Bibiana acordou

sem jeito, mas logo abriu aquele belo sorriso quando viu a mesa que o professor tinha preparado para o café.

— Nada mal para começar um final de semana. — Disse sorrindo com o jeito de menina que tirava William do sério.

Passaram o resto do dia juntos e depois Bibiana foi para casa, mas passaram boa parte da noite de sábado conversando ao telefone até que William pediu para que ela preparasse uma mochila de roupas que ele a pegaria em 30 minutos.

No começo Bibiana achou que era apenas uma brincadeira, mas em seguida percebeu que William estava falando sério.

— Ok. Te espero. — Disse a garota.

Desligou o telefone muda. Por alguns segundos ficou fora de si. Ela não era assim tão boba e sabia o que significava dormir na casa dele, desta vez ficaria longe do vinho.

14. A hora da verdade

Não demorou nem 20 minutos para William parar na frente da casa de Bibiana, que parecia já estar lá no portão há muito tempo. Ele abriu a porta e ela entrou rapidamente. Era visível o quanto estava nervosa. William também estava um pouco sem graça, mal conversaram no caminho.

Quando o carro parou ela resolveu perguntar se ele tinha se arrependido, pois estava mais sério do que nos últimos dias. William sorriu e disse que já não estava acostumado com alguém em sua casa. Explicou que surpreendeu a si mesmo a convidando pela segunda vez.

Bibiana perguntou se ele queria que ela fosse embora, mas William pegou sua mão e disse que a presença dela o fazia feliz. Subiram e continuaram a conversa. William falou sobre sua vida, sobre ter optado pela solidão, disse que era feliz assim e que gostava de tudo do jeito que estava até tê-la conhecido. Bibiana sorriu

— Agora que me conheceu não se importa em ter uma garota em sua casa?

William chegou mais perto e disse:

— Acho que estou acostumando em ter você por perto.

— Quão perto? — perguntou a garota.

O professor a olhou nos olhos e respondeu:

— Ainda não sei o quão perto eu quero ficar de você, por isso te chamei aqui, para descobrir. — Sorriram.

William colocou um filme e chamou Bibiana para sentar perto dele.

A garota se aconchegou em seu ombro e ficaram ali, juntinhos, assistindo um filme.

Lá pela metade do filme William levantou-se para fazer pipocas, enquanto Bibiana trocava suas roupas por um pijama cor de rosa que a deixava com um ar ainda mais inocente.

Ficaram ali no sofá, assistindo o filme, comendo pipocas e tomando Coca cola zero, desta vez sem vinho. Tudo parecia perfeito, mas Bibiana achava estranho ter aquele homem lindo ao seu lado sem nem mesmo tentar beijá-la. Estava começando a achar que ele a via apenas como uma aluna, uma companhia, alguém para rir junto.

Essa desconfiança se concretizou na hora de dormir, pois William ofereceu novamente sua cama a ela e se preparou para dormir no sofá. Bibiana aceitou a cama tentando não demonstrar o desapontamento, mas para ela era algo muito difícil esconder seus sentimentos.

Sozinha no quarto de William começou a chorar. Sentiu-se tão ridícula em pensar que aquele homem pudesse estar interessado nela, estava na cara que ele nem a enxergava com outros olhos. Decidiu trocar de roupa e voltar para casa, não queria passar a noite ali.

Não desse jeito. Sentia-se esnobada. Rejeitada. Odiava sentir-se assim.

15. Momento de confusão

A angústia começou apertar seu peito e não conseguiu controlar o impulso de sair porta a fora. Então pegou sua mochila e saiu do quarto. William estava sentado no sofá lendo um livro.

— Ei, Bibiana, onde você está indo?

— Eu quero ir embora. — Disse a garota caminhando em direção à porta.

— Mas, por quê? O que houve? — Questionou ele.

— Eu não devia ter vindo. Eu me precipitei.

— Espera. Eu quero entender o que houve. Eu fiz alguma coisa que te magoou? Fala para mim, menina.

— Eu não sou uma menina! Seu erro começa por aí. — Disse Bibiana.

— Senta aqui, vamos conversar. —
pediu William com jeitinho, tocando-a
no braço.

Bibiana se negou a sentar, só disse
que estava sentindo-se ridícula.

— Mas, ridícula, por quê? Me
conta. Se você não me explicar o que
está acontecendo aí nessa cabecinha, eu
nunca vou saber.

— O que está acontecendo é que eu
sou uma estúpida, uma idiota. Eu achei
que estava rolando alguma coisa entre
nós.

William a olhou nos olhos e tentou
acalmá-la. Pediu que ela sentasse ali ao
seu lado.

— Bibiana, me escuta você não tem
ideia do quanto eu gosto de você, do
quão feliz estão sendo os meus dias
depois de tê-la conhecido. Eu gosto de
estar com você, eu sinto sua falta a todo

instante quando não estamos juntos...

A garota o interrompeu:

— Mas, então, por que você não demonstra? Por que me colocou para dormir em seu quarto e ficou aqui? Está na cara que gosta só da minha companhia, não de mim.

William fez um carinho no rosto da garota enxugando algumas lágrimas que escorriam.

— Eu gosto muito de você, Bibiana. Tanto que te chamei para ficar comigo, porque provavelmente estaríamos no telefone se você não estivesse aqui. Eu só não quero me machucar ou machucar você. Prefiro deixar as coisas acontecerem devagar.

— Eu sei muito bem que caras como você não se interessam por garotas assim como eu... Na verdade, eu sempre soube que só sirvo para assistir filmes ou sair para comer. Não sou e nunca serei o tipo de garota que os caras têm segundas intenções.

— Você está achando que eu não quero você? Que não sinto desejo por você? É isso?

— Não estou achando nada, professor. Só quero ir embora, Até porque ninguém é obrigado a gostar de ninguém. Eu não quero mais falar sobre isso.

16. A grande noite parte 1

William percebendo que a garota estava realmente de saída segurou em seu braço firme, sem saber o que fazer e não aguentando mais de paixão grudou seus lábios nos dela.

Ficaram assim, com suas bocas unidas tomando coragem. William não queria profanar aquele sentimento tão forte com sua sede lasciva. Bibiana queria se entregar, queria pertencer àquele macho forte e sedento por ela.

Mas ninguém sabia o que fazer, então ficaram assim colados. O professor se afastou.

— Qual o problema? — Perguntou Bibiana sem entender mais nada. William colocou as mãos na cabeça...

— Você é só uma garota. Tenho

mais que o dobro da tua idade.

— Então me faça uma mulher, eu não imagino alguém melhor.

William hesitou e deu mais um passo atrás. Então Bibiana cerrou o semblante.

— Talvez você... Não me queira. É isso, você não me deseja, eu estava certa...

— Não é nada disso, Bibiana. — Tentou tocá-la. Mas ela histérica fugiu do seu abraço.

— É claro, como pude não perceber... Você nunca me quis. Como pude pensar que um homem como você pudesse se apaixonar por alguém como eu.

— O que você está dizendo? Você é linda! Mas olhe para mim, sou um quarentão mal-humorado, viciado em pornografia, nem eu me aguento. Eu não sei nem tocar em uma menina como você, tão linda, tão pura, tão delicada...

— Tão gorda, você quis dizer! Tão sonsa, tão incapaz de satisfazer um cara como você. — Bibiana descontrolada procurava a saída do apartamento e não encontrava.

William desnorteado não sabia o que fazer. Ela tinha entendido tudo errado, mas ele não sabia como dizer o que sentia. O quão indigno daquele amor ele era, mas o quanto a queria. O quanto a desejava, o quanto sonhava em tê-la só para ele.

Na sua cabeça um turbilhão de pensamentos. A culpa por amá-la, o desejo de possuí-la com força destruindo aquela inocência que tanto o enlouquecia. Mas e se falhasse? Se não pudesse ser o homem que ela merecia?

Que garantias ele tinha que seu corpo lhe obedeceria, talvez estivesse velho demais para realizar todos os sonhos de uma menina como Bibiana.

Enfim, ela encontrou a saída e o barulho da porta ardeu no peito de William que caiu de joelhos gritando feito um animal no cio. Respirou fundo e saiu atrás de Bibiana. A garota estava prestes a pegar o elevador quando ele a parou e a pegou forte no seu braço a levando quase arrastada para dentro do seu apartamento.

Bibiana o empurrava, arranhava, se debatia para tirar as mãos fortes do seu corpo, mas ele estava fora de si. A puxou com força e suas bocas se encontraram novamente. Bibiana chorava e tentava virar o rosto, não queria retribuir seus beijos. Mas isso pouco lhe importava, ele não voltaria atrás.

Sugava seus lábios enquanto guiava a menina até o quarto. Seus braços a enlaçavam com desejo enquanto seus corpos se moviam quase em sincronia.

A agarrava cada vez com mais desejo, lambia sua boca e sugava seus lábios descendo pelo seu pescoço em um movimento brusco arrancou sua blusa fazendo com que os botões corressem pelo chão.

Bibiana estava sem sutiã e ele se deparou com aquele par de seios rijos e delicados, soltou aquela risada sacana e abocanhou os peitos da garota a fazendo gemer em uma mistura de prazer e pavor. Beijou, sugou e apertou.

Desceu por sua barriga cheia de dobrinhas e pneus, abriu sua calça e a removeu a força, deixando Bibiana horrorizada. Ela pedia para ir embora,

não era assim que tinha imaginado.
Mas ele não parou, rasgou sua calcinha e abocanhou sua grutinha apertada. Sua língua a invadia com força, a menina tremia.

Em um movimento brusco a virou de bruços, beijou e apalpou aquele traseiro GG. Esfregava seu rosto naquela pele cheirosa. Nessa hora Bibiana tentou escapar, mas ele a puxou novamente para si e voltou a beijar sua boca, ainda sem ser correspondido. Então desceu seus dedos entre as pernas da garota e explorou seu pedacinho intocado.

A garota deixou de espernear. Parecia ter aceitado o que não podia ser evitado. Suas pernas amoleceram o suficiente para que o próprio William separasse suas coxas lhe proporcionando uma visão arrebatadora. Bibiana fechou os olhos, já não chorava. Deixou os lábios entre abertos e o professor a beijou com paixão.

17. A grande noite parte 2

William chegou bem perto do seu ouvido e disse:

— Não quero fazer isso à força. Não importa o quanto eu te queira, eu não sou assim. Eu quero saber de você se quer ser minha ou não.

Bibiana esboçou um leve sorriso.

— Achei que não me queria.

— Eu te quero como eu nunca quis mulher alguma.

Bibiana esboçou um sorriso tímido e ofereceu a boca em um beijo. Ele a beijou com doçura, acariciando seus lábios com os dele. Experimentando o gosto da sua língua. Bibiana retribuía timidamente, lambendo seus lábios, sugando sua língua.

Com delicadeza beijou o queixo

daquele homem lindo e os beijos desceram pelo pescoço, fazendo William delirar. Nunca pensou que seus toques tão sutis provocassem o fogo adormecido dentro dele.

Percebendo que Bibiana queria abrir sua camisa, William se afastou e abriu um a um dos botões da sua camisa, sem desviar os olhos de Bibiana que delirava em ver aquele homem lindo se despindo para ela. E ele era o tipo de homem que encanta qualquer mulher.

À medida que abria sua camisa e mostrava o corpo perfeito, corpo de homem, do homem que ela queria, Bibiana flutuava em desejo. William fazia o tipo forte, mas não bombado. Tinha a musculatura definida, mas sem exageros. Aparentava 184 cm de altura, talvez uns 80 quilos, moreno claro, dono de um sorriso irônico e de um olhar safado que a acuava e excitava ao mesmo tempo.

William terminou de tirar a camisa e a calça ficando apenas com a cueca preta que vestia. Era possível ver o volume do seu membro ereto. Bibiana escondeu o rosto, mas ele se aproximou. Deitou ao seu lado e descobriu seu rosto beijando-a na testa, depois desceu até a boca e o queixo, acariciando seu pescoço.

Continuou beijando até chegar aos seus belos seios realizando movimentos com loucura provocando em Bibiana sensações intensas enquanto a menina contorcia-se nos lençóis de seda da cama do professor. William beijou sua barriga, brincando em cada curva até chegar a seu objetivo. Beijou-a profundamente arrancando alguns gemidos contidos.

Bibiana nunca tinha experimentado tais sensações, nunca tinha ido tão longe com ninguém. Era extremamente tímida e estava assustada. Não sabia que era capaz de sentir tudo aquilo. A cada beijo o clima ficava mais quente.

A cabeça da garota dava mil voltas. Ela sentia-se consumida por um misto de vontade de se entregar e medo, mas o toque de William provocava alucinações.

Bibiana perdeu as forças e se rendeu a aquele macho encantador. Envolveu-se naquele corpo quente deixando-se levar. Beijou a boca, o pescoço e o peito de William que pegou a mão da garota e colocou sobre o volume de sua cueca.

A garota tocou timidamente por cima do tecido fino. William despiu-se rapidamente por completo e deitou-se por cima dela beijando-a lentamente. Por alguns instantes se olharam nos olhos e sorriram. Ele ficou ali, acariciando seu rosto e olhando para ela. Desta vez não com a mesma cara de safado que era sua marca registrada, simplesmente a olhava com ternura, como se pedisse licença.

Talvez criando coragem, afinal, não queria se apegar a ninguém. A inocência e a timidez da garota estavam mexendo com ele. De repente o predador aposentado estava voltando à ativa como um Romeu apaixonado.

Seus corpos se encaixavam tão bem. As mãos de William deslizavam pelas curvas de Bibiana que, sem graça, tentava fechar as pernas enquanto William a persuadia gentilmente a abrir. À medida que os beijos e carícias esquentavam cada vez mais, Bibiana permitia que o membro duro e quente do professor a penetrasse.

18. Uma possível despedida

Já no primeiro movimento de William, Bibiana gritou. Ele diminuiu a pressão, mas continuou empurrando lentamente. A garota segurou-se em seus ombros e olhou em seus olhos assustada. William moveu seu pênis de uma forma que acariciava o clitóris intocado da menina, que esqueceu a dor entregando-se em um profundo gemido.

Bibiana deu início a um involuntário movimento dos quadris, deixando claro que estava gostando. Então de uma só vez e firmemente William a penetrou iniciando movimentos rítmicos. Bibiana gemia e tremia, algumas vezes pedia para parar, mas William deslizava mais ainda seu corpo nu sobre o dela possuindo-a por inteiro.

Os gemidos de Bibiana o enlouqueciam. A menina chegava a derramar algumas lágrimas, mas ele não parava. Era selvagem, nunca tocou uma garota virgem.

Bibiana era pura no corpo e na alma. Sempre sonhou com um amor de conto de fadas e vivia tão mergulhada nos livros que esqueceu-se de viver a vida real. Quase não tinha amigas, nunca tinha namorado, beijou um ou dois meninos por insistência das primas, mas nunca quis levar nada adiante.

Agora está ali, com um cara que tinha o dobro da idade dela e no mínimo dez vezes mais de experiência. William foi carinhoso, não como ela imaginava, mas do jeito dele. Um pouco selvagem, mas foi tudo perfeito.

Se ele não fosse assim, se não a tivesse possuído quase sem pedir, ela jamais teria cedido. Para ela tinha sido tudo perfeito. Encontrou o homem da sua vida. Depois de satisfeito, William a abraçou e ficou ali, quieto, deitado do lado daquela menina. Nem tão menina na idade, mas em aparência, na alma e nos olhos ela carregava uma pureza desconcertante. Tão desconcertante que ele chegava a sentir culpa.

Repetia a si mesmo em pensamento:

— O que você fez, William?

Mas tentou disfarçar. Ele não queria magoá-la, queria que tudo fosse perfeito e sabia que faria parte da memória mais bonita que carregaria para toda a vida.

— Mulheres são assim. — costumava dizer.

Bibiana não teve coragem de falar

nada, mal olhava nos olhos daquele que era para ser apenas um professor do curso de verão, mas que agora tinha se tornado o homem da sua vida. Embora desejasse que ele fosse o primeiro e o último, ela tinha consciência que agora as coisas mudariam.

— Homens são assim. — costumava dizer.

William acabou adormecendo e quando acordou Bibiana já não estava mais lá. E se ele já sentia culpa, essa culpa tornou-se muito maior. Talvez a tivesse magoado, talvez a tivesse forçado, abusado da sua fragilidade.

Ficou se martirizando o resto da noite. Enviou mensagens, perguntou se estava tudo bem e disse que precisavam conversar, mas ela nem mesmo visualizou. Tentou ligar, mas seu celular estava desligado e permaneceu assim o restante do final de semana.

Estava tão preocupado com a garota que nem saiu de casa, passou o Domingo em frente ao computador à espera de uma mensagem, um sinal, qualquer coisa que mostrasse que Bibiana estava bem.

Bibiana desde que saiu escondida do apartamento de William fechou-se em seu próprio mundo. Não estava triste, mas estava insegura. Tinha medo do modo que ele passaria a olhá-la. Ela queria mais, queria ficar com ele, queria pertencer a ele, mas era apenas uma garota recém-formada. Uma escritora que não tinha coragem de mostrar ao mundo tudo que trazia em sua alma.

Se ao menos fosse bonita...

Mas nem isso era. Já conhecia a fama de William e sabia que não fazia

nenhum pouco o tipo dele, aliás, de
quem ela poderia ser o tipo? Era apenas
uma garota gorda.

19. A dor da saudade

No domingo à noite, teve coragem de entrar na internet e pela primeira vez postou um texto de sua autoria publicamente.

"De que vale ter tocado o sol durante a noite, se ao amanhecer ele será o rei e eu virarei pó diante da sua majestade?

De que vale ter sentido a deliciosa dor do seu amor intenso, se a dor do meu coração partindo em pedaços será ainda mais profunda?

De que vale ter pertencido a ele, se ele nunca pertenceu a mim?

De que vale ter sido perfeito senti-lo em mim, se aquela imensa alegria foi apenas uma ilusão e teve fim?"

Ao ler a postagem de Bibiana o coração de William ficou pequeno, sufocado, apertado. Ela estava sofrendo por amá-lo sem saber que ele também a amava.

Como o sol e a lua eles sofriam cada um do seu lado. Se ela soubesse o que ele tinha em seu coração, se conhecesse seus medos, seu pavor em se envolver, sua insegurança por ser tão mais velho...

Nem mesmo sabia até quando seria aquele homem bonito e viril. Os anos passariam e o que ele teria a oferecer?

Não sabia o que fazer, se contaria a ela o seu imenso amor ou se a deixaria partir pensando que tinha sido apenas uma inconsequência de sua parte. Passou boa parte da noite pensando e tomou uma decisão.

Falaria com Bibiana antes da aula na segunda, colocou o alarme no relógio para seis da manhã e tentou dormir as poucas horas que ainda lhe restavam da noite.

No dia seguinte William estava um caco, não tinha pregado o olho mais que duas horas. Com apenas um cochilo o relógio tinha despertado. Tomou um banho e saiu. Nada de rituais de beleza, a barba ainda estava por fazer, tudo que queria era falar com Bibiana. Precisava deixar tudo claro de uma vez.

Chegou bem antes do horário e ficou esperando, aos poucos todos os alunos iam chegando e nada de Bibiana. Tomou um café para ver se passava aquele aperto no peito, aquela ansiedade exagerada que tinha tomado conta de seu corpo. Depois foi para sala de aula, talvez ela estivesse atrasada.

William começou sua aula e os minutos foram passando, passando e o lugar que Bibiana costumava sentar estava vazio, tão vazio quanto sua vida antes dela chegar. Vazio este que começava a voltar aos poucos, só que desta vez muito pior.

Ela tinha lhe devolvido a juventude, a vontade de sorrir, se divertir, a vontade de fazer amor com uma mulher sem desejar que ela desapareça depois do gozo. Ela tinha lhe ensinado a ver graça em pequenas coisas como tomar sorvete na calçada, passear de mãos dadas pelo shopping e ir ao cinema.

Se ele não tivesse sido tão egoísta, tão rabugento, tão preconceituoso, debochado. Se ele não fosse esse cara desprezível que a vida lhe transformou, talvez tudo tivesse sido diferente.

Naquela manhã mal prestou atenção no que deveria estar ensinando. Todos perceberam como o professor parecia perdido e só ficava parado na porta, esperando que ela viesse.

Mas ela não veio, para desespero de William.

Foi para casa transtornado. Durante todo o caminho de carro pensou no que fazer. Decidiu, então, passar na casa de Bibiana. Se ela não respondesse suas mensagens, bateria em sua porta.

20. Um passo importante

As horas passaram e nenhuma mensagem foi visualizada. Bibiana tinha realmente saído de sua vida. William sentou-se no sofá e olhou para seus livros todos perfeitamente alinhados. Sua casa toda organizada, nada saía do lugar.

Em cima da mesa de centro o *pendrive* que Bibiana tinha gravado para ele. Colocou para tocar. Aos poucos percebia quão idiota tinha sido e, em um impulso, derrubou toda a pilha de livros no chão.

Depois sentou ali mesmo ao lado da bagunça que tinha feito e chorou tudo que nunca havia chorado em sua vida. Todas as desilusões, as pressões, toda a solidão que trazia na sua alma. Depois foi para o banho e ficou lá um bom tempo, como se a água pudesse arrancar aquela dor.

Decidiu procurar Bibiana, ainda que ela não lhe quisesse, ainda que tenha caído sua ficha e ela enfim tenha percebido que ele não tinha muito a lhe oferecer. Era apenas um homem de meia idade apaixonado por uma garota, feito um idiota que se apaixona pela lua.

Assim o fez. Dirigiu até o bairro vizinho e em menos de 20 minutos estava em frente a uma casa azul com um belo jardim na frente e alguns cachorrinhos correndo pelo pátio. Apesar de ser uma casa simples era tão aconchegante, tão cheia de vida.

Desceu do carro sentindo-se um adolescente. Sabia que podia arrepender-se, mas não iria desistir de falar com ela. Tocou a campainha e esperou.

Uma jovem senhora o atendeu, devia ter pouco mais que sua idade, provavelmente a mãe de Bibiana. A senhora foi muito atenciosa, embora demonstrasse surpresa. Pediu para que entrasse e foi chamar Bibiana.

Depois de certo tempo a senhora desceu e disse que Bibiana já desceria, pediu licença e continuou com seus afazeres. Pegou uma pilha de papéis parecendo provas escolares e foi para outro cômodo da casa, lhes deixando mais à vontade.

Bibiana logo surgiu no topo da escada, vestia um moletom bem largo, calças de pijama e pantufas de unicórnio. Foi impossível não sorrir. Um ursinho de pelúcia em sua mão era o que faltava para um quadro infantil completo. Era apenas uma menina, como podia provocar um turbilhão de emoções em um homem como William.

À medida que descia da escada aproximando-se dele podia perceber seu abatimento, era visível que ela não estava bem. Cumprimentaram-se timidamente.

William olhou bem para os lados, para certificar-se que estavam mesmo sozinhos. Bibiana o tranquilizou dizendo que a mãe tinha ido para a biblioteca terminar de corrigir as provas de seus alunos. A mãe também lecionava em um curso de verão.

William se aproximou:

— Precisamos conversar, Bibiana. Por que está fugindo de mim?

A garota abaixou o olhar e disse:

— Eu sei muito bem o conteúdo dessa conversa, só te poupei. Não

precisa falar, eu sei. Eu sempre soube.
Caras como você não querem namorar,
não querem envolvimento. Pelo menos
não com mulheres como eu.

— E que tipo de mulher você é,
Bibiana? — Perguntou William.

— Você sabe. Não preciso lhe
dizer, nunca serei magra e ainda que eu
emagreça um pouco, precisaria nascer
de novo para ser o tipo de mulher que
você costuma sair. E ainda que isso não
fosse um problema, eu nunca serei tão
cheia de classe como você. Sempre
serei essa moleca como você mesmo
disse algumas vezes. Nunca saberei
arrumar os seus livros na ordem que
você gosta, nunca vou acostumar com
tantas regras que você criou para sua
casa, para falar a verdade nem sei
sentar no seu sofá e a primeira vez que
vi o tapete do seu quarto eu jurava que

era uma colcha, não sei como alguém pode pisar em algo tão bonito, também não sei qual a graça naqueles vasos horrorosos que você adora tanto. Eu também nunca vou lhe agradar na cama. E só para você saber doeu pra caramba! Sem contar a vergonha que eu senti, você me lambeu tanto que ainda sinto o cheiro da sua saliva em mim, mesmo depois de ter tomado vários banhos. Você é um pouco tarado.

William sorriu.

— Só você para me fazer sorrir assim, sem motivos. — Abaixou o olhar, respirou fundo e prosseguiu. — Esses dias foram os piores da minha vida, a sensação que tenho é que tive o mundo e perdi. Sinceramente não sei de onde você tirou a ideia que eu queria me afastar de você, será que não percebe que estou apaixonado? Entreguei-me para você. Só não sei lidar com isso, eu tenho 45 anos, aposto que essa é quase a idade do seu pai. Você não sabe o que isso significa, estamos em fases diferentes da vida, você é apenas uma menina, eu sou...

— Você é o homem que eu amo. — interrompeu Bibiana. — Você é um cara maravilhoso que qualquer mulher deseja ter, você é maduro, inteligente, você tem todas as respostas, você me encanta e encanta a todos que te rodeiam, um homem de sucesso, um professor reconhecido, o que eu sou diante de você? Apenas uma menina gorda, uma escritora frustrada. Não brinca comigo, não tenta aquela velha teoria "não é você, sou eu" comigo isso não vai colar. Os caras adoram se desmerecer quando querem dispensar uma garota sem magoá-la.

21. As coisas se ajeitam

William acabou rindo daquela situação, Bibiana irritou-se achando que ele ria dela e ele explicou.

— Você não percebe que eu tenho os mesmos medos que você? Sim, somos diferentes, vivemos em mundos diferentes, mas nos completamos. Eu tenho consciência que nada será fácil, enfrentaremos muitos obstáculos, mas vamos enfrentar isso juntos. Eu sei que serei um velho muito antes de você ser uma coroa enxuta, também sei que tenho que aprender muito com você. Aprender a te tocar, aprender a fazer amor ao invés de transar, preciso conter meu desejo louco por você para não machucá-la, tenho que ser menos organizado, menos perfeccionista, tenho que me reinventar. Mas pelo menos você estará ao meu lado. Mesmo quando eu falhar, mesmo quando eu não te agradar, você será paciente comigo, como sempre foi.

— Não brinca comigo, William, por favor.

— Não estou brincando. Eu amo você, Bibiana. Eu te quero na minha vida.

Bibiana sorriu, enxugou as lágrimas e abraçou William bem forte. Ele retribuiu o abraço e lembrou-se do tempo que evitara esse tipo de contato. Os dois sabiam que não seria fácil, mas tinham a certeza da companhia um do outro e isso os dava forças para viver aquele amor tão louco, tão fora dos padrões.

Não só pela diferença de idade, mas por cada um pertencer a um universo diferente. A garota dos livros e o professor mal-humorado. Ela tinha a doçura que faltava no mundo dele e ele tinha a firmeza que dava segurança a ela. Juntos eram completos, juntos aprenderam a ser felizes sem se preocupar com que os outros poderiam pensar.

Unidos em um abraço as diferenças sumiam, o mundo era deles e tinham muito o que viver. Bibiana chegou bem perto do ouvido de William e diz:

— Não precisa mudar o teu jeito de me tocar, já fiz muito amor em meus sonhos. Acho que eu gostei de transar com você.

William sorriu daquele jeito safado e sussurrou no ouvido da garota algumas besteiras que a fizeram corar. Mesmo com todas as diferenças, estavam começando a falar a mesma língua.

@helena_leen

QUEM SOU

Helena Leen é uma escritora brasileira vivendo na terra de Camões.

É apaixonada por letras, cores e formas e encontrou na escrita o seu lugar no mundo.

Helena é autora de diversos títulos, como Moça de Fazenda, A escolhida e Um mundo em minha vida, e pode ser encontrada tanto em e-book quanto na versão física no Brasil e no mundo. Começou a criar seus personagens com apenas 12 anos e, desde então, não parou mais. Mesmo sendo muito reservada e tendo escondido seus textos e histórias em diversos diários, cuja permissão para a leitura era concedida a poucos. Apenas em 2017 que surgiu a vontade de mostrar ao mundo suas histórias e textos e foi então que publicou O Diário de Afrodite pela primeira vez. Essa história foi a escolhida dentre tantas outras por diversos motivos, mas principalmente por ser sua história mais antiga e cheia de significados.

@editorial.hav

QUEM SOMOS

EDITORIAL HISTÓRIAS AO VENTO

Somos um grupo editorial que busca difundir a leitura e a escrita até os recantos mais escondidos desse brasilsão.
Buscamos ajudar os autores iniciantes com valores justos pelos nossos serviços e pensando sempre no crescimento do autor.